GUÍA DE LECTURA

Escrita por Sybille Mortier
Traducida por Tamara Montes Blanco

House of Cards

de Michael Dobbs

Entiende fácilmente la literatura con

ResumenExpress.com

www.resumenexpress.com

MICHAEL DOBBS

EL POLÍTICO ESCRITOR

- **Nacido en 1948 en Cheshunt (Inglaterra)**
- **Algunas de sus obras:**
  - *Trilogía de House of Cards: House of Cards* (1989), *Jaque al rey* (1992) y *The final cut* (1994), novelas
  - *Tom Goodfellowe Novels* (1997-2000), novelas
  - *Winston Churchill Novels* (2002-2005), novelas
  - *Harry Jones Thrillers* (2007-2013), novelas

De nacionalidad inglesa, Michael Dobbs se diplomó en Derecho y Diplomacia en 1975 en la Universidad Tufts en Estados Unidos. Tras haber defendido su tesis doctoral sobre la defensa nuclear, vuelve a Londres y hace su aparición en el mundo político trabajando para el Partido Conservador. Redactor de discursos, jefe de equipo y consejero de varios primeros ministros (especialmente de Margaret Thatcher), es un auténtico maestro de operaciones políticas. En 2010, fue ennoblecido (Barón Dobbs de Wylye) y entró en la Cámara de los Lores, donde se sienta en el lado de los conservadores.

Hoy en día, ha abandonado su carrera política para dedicarse a la escritura a tiempo completo y, en Inglaterra, es considerado el autor de referencia en materia de *thrillers* políticos.

HOUSE OF CARDS

UNA IMAGEN POCO HALAGADORA DE LOS POLÍTICOS

- **Género:** *thriller*
- **Edición de referencia**: Dobbs, Michael. 2014. *House of Cards*. Traducido por Patricia Antón. Barcelona: Alba
- **Primera edición:** 1989
- **Temáticas:** engaño, verdad, ambición, poder, política, traición, adicción, decadencia

Un verano, cuando Michael Dobbs se queja por el último *best seller* de esas fechas, su mujer le sugiere que escriba un libro él. Se pone entonces manos a la obra extrayendo sus ideas de su dominio predilecto, es decir, la política. De esta manera es como, después de tres botellas de vino, nacen el personaje de Francis Urquhart y el primer libro de la serie *House of Cards*.

Para su enorme sorpresa, su novela se topa con un gran éxito y se convierte rápidamente en un *best seller*. La saga continúa con la publicación de otros dos volúmenes: *Jaque al rey* (1992) y *The Final Cut* (1994). Más adelante, la trilogía es adaptada como serie de televisión por la BBC y la cadena estadounidense Netflix.

La versión española de la novela, traducida del inglés por Patricia Antón, fue publicada en 2014 por la editorial Alba.

RESUMEN

UN HOMBRE EN BUSCA DE PODER

La noche de las elecciones, el resultado del escrutinio revela la reelección del gobierno actual (el partido), aunque este registra una clara decadencia y pierde un gran número de escaños en el Parlamento. Esta pérdida vuelve timoratos a varios accionistas, limita las entradas de dinero y obliga al gobierno a anular proyectos, especialmente la reforma de los hospitales, que el primer ministro, Henry Collingridge, había prometido durante su campaña electoral.

Francis Urquhart es entonces el whip del primer ministro. Es el responsable del grupo parlamentario del partido y vigila que todos los diputados estén presentes durante las votaciones. Para hacerlo, trabaja en la sombra, recolectando pequeños secretos y defectos (adulterios, artimañas, toxicomanías, etc.) de todos los miembros del Parlamento. Estos datos le procuran un cierto control sobre sus colegas, poder que no duda en utilizar para fines personales.

Algunos días después del fin de las elecciones, Urquhart aconseja a Henry Collingridge que efectúe una reestructuración completa en el seno de su gabinete con el fin de devolver la confianza a los electores. Pero, por miedo de que el público perciba un cambio tan radical como un signo de debilidad, este último se niega y decide mantener a todos los diputados del partido. El primer ministro también había prometido a Urquhart un puesto que le permitiera salir de la sombra. Sin embargo, aunque al whip no le haga gracia, descarta le petición afirmando que con esta crisis del partido, lo necesita más que nunca en este puesto. Sin otra opción que esconder su frustración, Urquhart hace como que acepta las cosas tal como son.

Ya que Henry no está dispuesto a darle el ascenso que espera, Urquhart decide ofrecérselo él mismo ocupando el puesto de primer ministro. Sacando provecho de los pequeños secretos reunidos durante su carrera y a fuerza de manipulación, lo consigue. Así, se dirige anónimamente a la prensa y alude a las rivalidades entre ministros en el seno del partido. Menciona el hecho de que el primer ministro mantiene junto a él a los ministros de mayor edad o a los poco competentes por miedo a que se sientan dejados de lado y vayan a unirse a la oposición. Igualmente deja caer que Henry Collingridge no está lo suficientemente respaldado como para asegurar la continuidad de su mandato.

Decidido a usurpar el puesto de primer ministro, Urquhart hace chantaje a Roger O'Neill, cocainómano y responsable de la comunicación del partido, con el fin de que lleve a cabo el trabajo sucio por él: divulgar informaciones comprometedoras sobre Collingridge (la anulación de la reforma de los hospitales, un recorte en los presupuestos de las fuerzas armadas, etc.), organizar encuentros subidos de tono entre su secretaria y ciertos políticos con el fin de tener un modo de presionarlos, etc. Con la ayuda de O'Neill, Urquhart consigue que su plan surta efecto y pone al jefe del partido en una posición delicada.

Para terminar de una vez por todas con su adversario, Urquhart ingenia un falso delito de información privilegiada:

entra en un banco bajo el nombre de Charles Collingridge (el hermano alcohólico del primer ministro) y compra ilegalmente con dinero del partido 20 000 participaciones de una sociedad farmacéutica que ha elaborado un remedio eficaz contra la nicotina. Unos días más tarde, el gobierno anuncia la salida del medicamento y el precio de las acciones en bolsa se eleva fulgurantemente. Así, el jefe del partido es acusado de haber divulgado información confidencial a su hermano Charles para permitir su enriquecimiento. Tras las imputaciones cada vez más virulentas, Henry Collingridge, humillado, se ve obligado a dimitir.

El puesto está vacante y la campaña electoral se ha lanzado: a Urquhart solo le queda ganárselo a sus oponentes. Con el fin de poner toda la suerte de su lado, el whip se conchaba con Benjamin Landless, propietario del periódico *Chronicles Newspapers*. El diario publica un sondeo para evaluar a los favoritos y pone a Urquhart abajo en la lista. Puesto que no lo consideran un adversario de peso, los candidatos no le prestan ninguna atención y se enfrentan entre ellos, hasta que sea demasiado tarde.

De nuevo, Urquhart utiliza todos los secretos íntimos y perjudiciales que conoce sobre sus contrincantes para hacerles abandonar la carrera o desacreditarlos de cara a los medios. Para llegar a sus fines, no duda en deshacerse impunemente de los indeseables. Así, mezclará matarratas con la dosis de cocaína del incontrolable Roger O'Neill, que sabe demasiado sobre sus artimañas, y tirará desde lo alto de una azotea a Mattie Storin, una periodista política que ha descubierto el pastel. Tras haber barrido todos los obstáculos, puede asumir con toda tranquilidad el papel de primer ministro.

UNA MUJER EN BUSCA DE LA VERDAD

Mattie Storin, una joven reportera del *Chronicle Newspapers* decidida a hacer carrera en el periodismo político, se cuela en casa de Urquahart para intentar recolectar la información que emana directamente del gobierno. Sin embargo, no se da cuenta de que si este acepta a colaborar con ella es para manipularla mejor. El whip le comunica únicamente los datos que le convienen con vistas a hundir al primer ministro.

Durante el congreso anual del partido, Mattie descubre, entre su correo matinal, el periódico que presenta la última encuesta de opinión sobre el partido. En realidad, es O'Neill, bajo orden de Urquhart, quien ha deslizado el documento bajo su puerta. Las cifras muestran que el partido ha retrocedido desde las elecciones y que el primer ministro está lejos de conseguir la mayoría absoluta. Viendo ya su nombre en primera plana, llama a su redactor jefe para que le confíen la redacción del artículo. Sin embargo, este se niega a publicar cualquier cosa sobre ese tema ya que Benjamin Landless, propietario del periódico, apoya al partido y se niega a imprimir un artículo que lo pondría en un aprieto. Mattie, muy molesta, se dirige al bar del hotel para ahogar sus penas en alcohol y ahí conoce a Charles Collingridge.

Durante una recepción que Francis Urquhart da durante el congreso, Landless le comunica que se ha filtrado una noticia y que una de sus periodistas quiere cubrir el tema. Lo tranquiliza diciéndole que él se ha negado a que se publique nada. A pesar de todo, confía sinceramente a Urquhart que piensa que el primer ministro arrastra a todo el partido a la ruina y que es hora de librarse de él. El whip le hace comprender con sutileza que comparte su misma opinión y que la publicación de los resultados del sondeo colocaría al primer ministro en una mala posición. Al final, el artículo de Mattie se publica, tras haber sido modificado por Landless, para que sea aún más incisivo. Cenando con un colega, Mattie, que le habla de la remodelación de su artículo, deduce que todas las filtraciones provienen de una misma persona que maneja los hilos. Decide descubrir la verdad a cualquier precio. Lo que todavía no sabe es que esto la conducirá a una muerte prematura...

Para saber más, Mattie contacta con Urquhart. Le hace partícipe de sus dudas en lo que concierne a las acusaciones a Charles y Henry Collingridge. Le confía que piensa que se trata de un complot. Francis responde que la idea de un montaje está cogida por los pelos. Pero Mattie insiste.

La mujer le explica que se ha encontrado con Charles Collingridge durante el congreso y que no tenía pinta de poseer los medios financieros o intelectuales para jugar en bolsa. Puesto que ya no puede negar el complot, se sirve de los sentimientos amorosos que la periodista experimenta hacia él para orientar las sospechas de esta hacia otros políticos, los que le son un estorbo en su campaña por el puesto de primer ministro.

A fuerza de investigar, Mattie descubre que O'Neill es responsable de las filtraciones. Entonces está cada vez más convencida de que el complot es totalmente real. Poco después, se entera de la muerte de este último a causa de una sobredosis. Para ella no cabe duda: se trata de un asesinato. Queda con Urquhart en lo alto de una azotea, le confía sus sospechas y termina por comprender que él es el responsable. Le pide que no diga nada, pero, puesto que la joven se muestra indecisa, la tira desde lo alto de la azotea.

ESTUDIO DE LOS PERSONAJES

FRANCIS EWAN URQUHART

Francis Urquhart es el whip del primer ministro, Henry Collingridge. Tras varios años ascendiendo peldaños, espera por fin, gracias a las últimas elecciones, abandonar su puesto a cambio de otro que le permita saltar a la palestra. Sin embargo, la negativa a este ascenso tan codiciado hace que se decida a acceder al puesto de primer ministro cueste lo que cueste. Tiene sesenta y un años, un «cuerpo alto y anguloso» (Dobbs 2014, 23) y ojos azules con destellos metálicos. Con la edad, su pelo cobrizo se ha vuelto gris. Es un hombre frío y calculador sin ningún sentido de la moral que no duda en corromper, manipular e incluso matar para conseguir sus objetivos. Su mujer, Mortima, es su confidente y la única persona en la que confía.

HENRY COLLINGRIDGE

Sobre Henry Collingridge, el primer ministro, en realidad no existe una descripción. El narrador no se toma el tiempo de detenerse sobre él para detallar su físico. Todo lo que sabemos sobre él es lo que piensan sobre él los otros personajes. Así, para su hermano Charles, es el miembro de la familia que ha conseguido todo en la vida (matrimonio, carrera, etc.), mientras que él ha fallado en todo. Para la mayoría de políticos y de periodistas, es un primer ministro demasiado blando al que le falta mano dura, un hombre sin ambición que no da la talla. Por último, para Francis Urquhart, es el hombre al que necesita abatir a fin de concretar sus sueños.

MATTIE STORIN

Con veintiocho años, Mattie Storin es la benjamina del departamento político del *Chronicle Newspapers*. Soltera, sin nada que la ate y deseosa de convertirse en la mejor periodista política de Inglaterra, se fue de Yorkshire un año antes del comienzo de la historia para hacerse un hueco en Londres. Tiene rasgos escandinavos, el pelo rubio corto, unas largas piernas y un pecho generoso que no duda en utilizar para sacar información o conseguir favores. Enseguida alza la voz cuando no está de acuerdo con su redactor jefe. Mantiene una relación con uno de sus colegas, John Krajewski, pero está enamorada de Francis Urquhart.

ROGER O'NEILL

Originario de Dublín, Roger O'Neill posee la energía y la propensión a la exageración típicas de los irlandeses. Con cuarenta años, hace mucho que dejó atrás la figura de deportista de su juventud. La cocaína, a la que es adicto, le vuelve paranoico y hace de él la presa ideal para los planes maquiavélicos de Urquhart. Puesto que pierde poco a poco la razón a causa de la droga, acaba siendo inútil, incluso peligroso para el político, que no duda en matarlo.

BENJAMIN LANDLESS

Benjamin Landless es un hombre adinerado, de gran corpulencia, que no tiene otro objetivo en la vida que el de hacerse más rico. Para ello, pone el periódico que ha adquirido hace poco, el *Chronicle Newspapers*, al servicio del gobierno. «[A] sí que no nos dediquemos a cabrear al Gobierno apoyando al puto bando contrario» (Dobbs 2014, 30). Al menos cuando le conviene, puesto que no duda en deponer al primer ministro, Henry Collingridge, con la ayuda de un editorial incisivo: «[...] los rumores sobre el estilo y la eficacia del liderazgo de Collingridge han ido en aumento desde las elecciones [...]» (Dobbs 2014, 205). Lo que quiere es vender ejemplares y poder volver a comprar otro periódico sin que las reglas que prohíben el monopolio le supongan un obstáculo. Así, se dispone a ayudar a Urquhart a llegar a primer ministro a cambio de la aprobación del gobierno para la fusión de los diarios que desea volver a comprar. Para lograr sus objetivos, no duda en impedir que Mattie publique su artículo sobre el montaje, del que Charles y Henry Collingridge serían víctimas.

CHARLES COLLINGRIDGE

Hermano mayor de Henry, Charles Collingridge también se lanzó a la política, pero al contrario que su hermano menor, nunca fue elegido. Tiene poco más de cincuenta años, pero su tendencia a darse a la bebida le hace parecer mayor. En efecto, tiene las mejillas arrugadas y calvicie a causa del exceso de alcohol. A pesar de sus defectos, es un hombre indulgente y generoso, incapaz de llevar a cabo las acciones de las que se le acusa.

CLAVES DE LECTURA

CARACTERÍSTICAS DEL *THRILLER*

El *thriller* se caracteriza por la tensión narrativa: el autor juega siempre la carta del suspense. En este género literario, principalmente encontramos investigaciones policiales, secuestros, rescates que pagar o tomas de rehenes. La historia coloca al lector bien del lado de las víctimas y/o de los investigadores, bien del lado de los malhechores (criminales, asesinos, psicópatas, etc.). Existen varios subgéneros, como el *thriller* político al que corresponde *House of Cards*. En este tipo de tramas, el protagonista se encarga de asegurar la estabilidad de su gobierno o, por el contrario, de perjudicarlo.

En esta novela, la meta no es descubrir si Francis Urquhart llegará a ser primer ministro (se supone desde el principio), sino más bien entender cómo lo conseguirá, a través de qué estratagemas retorcidas y deshonestas llegará a abatir a sus víctimas una tras otra. La tensión no reside en la investigación que lleva a cabo Mattie, ya que el lector ya conoce la verdad, puesto que ha seguido paso a paso las maquinaciones del whip. En realidad, el suspense se reduce a una cosa: si Mattie descubrirá el pastel o no antes de la elección de Urquhart. La tensión se intensifica aún más en las últimas páginas, entre el momento en el que Mattie descubre la verdad y en el que Urquhart la mata para evitar que la revele.

ELEMENTOS LITERARIOS

La historia, en tercera persona del singular, narrada desde

un punto de vista interno, está escrita en pasado y se intercala con fechas que permiten al lector comprender mejor la temporalidad de la trama y percibir mejor cómo Urquhart lleva a cabo su combate a largo plazo.

Michael Dobbs utiliza aquí los elementos habituales del género del *thriller*: maquinaciones, investigaciones, asesinatos, etc. Lo que le otorga toda su originalidad es la precisión y la fidelidad con las que detalla el mundo de la política y nos revela sus engranajes (número de escaños, diputados, elecciones, etc.), así como su lado malo (chantaje, ambición, corrupción, etc.).

Antiguo periodista político y político en sí mismo, el autor nos muestra el panorama de un medio que él conoce bien. Esto se nota en la escritura, especialmente en la alusión a los diferentes engranajes del mundo político: las relaciones entre los políticos, la creación de nuevas leyes, las asambleas, los votos, el ambiente que reina en el seno de la Cámara de los Comunes, etc. «[j]ornadas larguísimas, montañas de trabajo, demasiadas recepciones y muy pocos respiros [...]» (Dobbs 2014, 119). Lo que lleva a *House of Cards* al éxito tanto en el pasado como en el presente es, sobre todo, la forma en la que el autor nos muestra este universo, sin pelos en la lengua, sin esconder los defectos del sistema.

Asimismo, el título de la novela no hace más que acentuar esta descripción poco prestigiosa de la vida política. La imagen de una *House of Cards* («castillo de naipes» en castellano) es una metáfora perfecta del juego político tal y como se detalla en el libro. Efectivamente, la política se compara con un simple juego de cartas: los jugadores eligen sus cartas, componen su mano y van desplegando su juego a medida que avanza la partida. Sin embargo, el objetivo no es el de tener un buen —o incluso el mejor— juego, sino el de sobresalir a la hora de marcarse faroles para quitar de en medio a los adversarios y obtener la victoria. En cada jugada, las cartas forman un castillo inestable basado en engaños; un movimiento de más o mal ejecutado y todo puede venirse abajo.

LA BÚSQUEDA DEL PODER

Tema central de la novela, el poder ejerce una atracción sin límites sobre ciertos personajes a imagen del protagonista, Francis Urquhart, que está dispuesto a todo para acapararlo. Esta búsqueda sin fin está motivada por la ambición: por tener éxito, por hacerse un hueco y por superar a sus iguales. Como subraya Urquhart desde la primera página de la novela, el último objetivo prima ante todos los demás:

> «No es el respeto, sino el miedo lo que motiva a un hombre; así se construyen imperios y se ponen en marcha revoluciones. [...] Cuando un hombre tiene miedo de que lo aplastes, de que lo destruyas por completo, su respeto siempre vendrá detrás» (Dobbs 2014, 11).

Para conseguir su objetivo, se apuesta por la corrupción, la manipulación y el engaño. En efecto, el mundo político detallado en la novela de Dobbs es un mundo eminentemente corrompido. Los ascensos se obtienen a cambio de favores más o menos legales, los políticos buscan más asegurarse una plaza en las siguientes elecciones que responder a las necesidades del pueblo, etc. Este medio es tan nocivo que manipular a los otros se convierte en algo fácil, incluso banal: mientras que ocultar una relación (adulterio, homosexualidad, etc.) permite que un político sea elegido, sacarla a la luz, por el contrario, es suficiente para acabar con todas sus posibilidades. Así, los secretos de unos y otros se convierten en enormes medios de presión, influencias poderosas de las que Urquhart se sirve sin escrúpulos para llegar sus objetivos. El whip chantajea así a O'Neil, amenazándolo con revelar su adicción a la cocaína, y lo utiliza como un títere; evade las reflexiones, con todo fundadas, de la joven Mattie sirviéndose de los sentimientos que ella guarda hacia él y aprovecha la confianza que ella le otorga para hacer llevar sus sospechas hacia los que le suponen un estorbo en su carrera electoral.

La influencia que Francis ejerce sobre la periodista es de lo más repugnante: la empuja a escribir lo que le conviene, lo que nos lleva como lectores a poner en cuestión la veracidad y la objetividad de la información que presentan los medios. En efecto, la visión de los periodistas puede estar sesgada por el deseo de un ascenso o por sentimientos hacia una de sus fuentes.

A lo largo de toda la novela, mentira y verdad no cesan de rozarse, incluso de mezclarse, lo que da lugar así a deformaciones de la realidad. Así, para destruir la reputación del primer ministro, Francis Urquhart no duda en mentir (por ejemplo, haciendo creer que Collingridge da información confidencial a su hermano para que se enriquezca) o en revelar ciertos detalles comprometedores (promesas electorales incumplidas, estudios de opinión desastrosos, etc.).

El whip usa tanto la verdad cuando no resulta agradable, como la mentira cuando la verdad está demasiado limpia como para ensuciar a las víctimas.

Así, de la ambición a las mentiras, pasando por la corrupción y la manipulación, toda la novela plantea la cuestión de la legitimidad de los dirigentes de un país. En efecto, por un lado, tenemos al primer ministro, Henry Collingridge, que fue elegido, pero que parece incapaz de dirigir ni de tomar la más mínima decisión y, por otro lado, tenemos a Francis Urquhart que, aunque el camino que toma para llegar a ser primer ministro sea más que discutible, parece ser un político competente.

PISTAS PARA LA REFLEXIÓN

ALGUNAS PREGUNTAS PARA PROFUNDIZAR EN SU REFLEXIÓN...

- Según usted, ¿el fin justifica los medios? Explíquelo.
- En su opinión, ¿de dónde viene la legitimidad de un dirigente, de los votos que o de su capacidad de liderazgo?
- ¿Cómo pueden los secretos llevar al poder? ¿Qué impacto puede tener la vida privada en la vida política? Explíquelo con ayuda de ejemplos del libro.
- ¿Piensa que los periodistas son objetivos en sus artículos? ¿En la novela? ¿En el mundo real?
- ¿Hasta qué punto los políticos se «prostituyen» para dar buena imagen a los periódicos? Explíquelo basándose en el capítulo 34 del libro.
- Bajo su punto de vista, ¿el amor puede ser utilizado como medio de manipulación? Explíquelo.
- Cite otro *thriller* político y compárelo con *House of Cards*.
- ¿Podemos comparar la trayectoria política de Francis Urquhart con la de algún político real?
- ¿Piensa que la política tal y como se describe en la novela es un reflejo fiel de la realidad?
- Compare el libro con su adaptación televisiva realizada por David Fincher y estrenada en 2013.
- ¿Cómo explicar el éxito del libro y de la serie en sus respectivos lanzamientos?

¡Su opinión nos interesa!
¡Deje un comentario en la página web de su librería en línea,
y comparta sus favoritos en las redes sociales!

PARA IR MÁS ALLÁ

EDICIÓN DE REFERENCIA

- Dobbs, Michael. 2014. *House of Cards*. Traducido por Patricia Antón. Barcelona: Alba

ADAPTACIONES

La saga de *House of Cards* ha sido adaptada varias veces en la pequeña pantalla. A continuación se muestran las adaptaciones que conciernen al primer tomo:

- *House of Cards*. Miniserie dirigida por Paul Seed, con Ian Richardson, Susannah Harker, David Lyon y Diane Fletcher. Reino Unido: BBC, 1990.
- *House of Cards* (temporadas 1 y 2). Serie de televisión dirigida por David Fincher, con Kevin Spacey, Robin Wright, Kate Mara, Corey Stoll y Kristen Connolly. Estados Unidos, 2013.

www.resumenexpress.com

ISBN ebook: 9782806281319

ISBN papel: 9782806282354

Depósito legal: D/2016/12603/248

Cubierta: © Primento

Libro realizado por <u>Primento</u>*, el socio digital de los editores*